CATHARINA G LUNDBERG

Från Råttehong till Dansk/Svensk Gårdshund

Illustration: Ulla Bolin
Layout: Roman Lundberg
Omslagsbild:Lars-Olof Jönsson. Fr v Fire, Abbott, Fancy, Felix, Chanse

Förlag: BoD · Books on Demand, Stockholm, Sverige
Tryck: Libri Plureos GmbH, Hamburg, Tyskland

ISBN: 978-91-8057-467-9

Gårdshundens motto:
”Viam inveniam aut faciam”
Jag hittar en väg eller så gör jag en.

INNEHÅLLSFÖRTECKNING

1.INLEDNING

En av Sveriges vanligaste hundraser är skånsk. Numera heter rasen dansk/svensk gårdshund, är registrerad i Svenska Kennelklubben, kommer på 7:de plats i popularitet och är huvudsakligen för sällskap. Under första delen av 1900-talet kallades hundarna råttehongar och fanns främst på bondgårdarna i Skåne och Danmark. Hur länge de funnits är oklart. Meningarna är delade, vissa hävdar att de fanns redan på vikingatiden (700-talet – 1000-talet) medan andra menar att de endast funnits några hundra år. Att råttehongar har en lång historia i Skåne och Danmark råder det ingen tvekan om.

Det var små robusta, kloka, egensinniga, pigga hundar, två-eller trefärgade. De var jaktglada och för det mesta sociala. Tack vare sin charm och behändiga storlek fick de ofta bo inomhus hos sin familj. Hundkojor synes aldrig ha varit aktuella för råttehongar, däremot förekom det säkert de som hade sin sovplats i stall och höll värmen bland kor, grisar, hästar etc.

En gårdshund skulle göra nytta och då passade råttehongen bra. Deras specialitet var att döda råttor, även om möss och smågnagare också levde farligt i råttehongens närhet. De var också duktiga vakthundar. Råttehongar lär ha förekommit som kommunalt anställda råttjägare i Malmö och till och med som skeppshundar.

Foto: Lennart Ryberg ca 1920/ Fornminnesföreningens Arkiv på Österlens Museum

Det var vanligt att det på gårdarna också fanns en till utseendet mer skräckinjagande större hund. Om något misstänkt hände slog råttehongen larm och fick sen hjälp av den större hunden. De levde ett fritt liv.

Råttehongen kallades också “hongaskrabban” vilket lär ha betytt “liden rälig hong”.

Foto:Okänd

Foto: Lennart Ryberg, ca 1920/ Fornminnesföreningens Arkiv på Österlens Museum

Foto:okänd /Fornminnesföreningens Arkiv på Österlens Museum

Vykort föreställande besättningen med skeppshund på skonertskeppet John av Simrisham. Kortet skickade 17-årige lättmatrosen Isak Andersson till en bekant i Kivik den 20 maj 1908. Kortet är postat i South Shields i närheten av Newcastle.

John av Simrishamn seglade med timmer från Sverige till England och tillbaka skeppades troligtvis kol.

2. HÄRKOMST

När det gäller härkomst menar Svenska Kennelklubben att ursprunget troligen finns dels bland pinscherraserna och dels bland de brittiska vita jaktterrierna som även jack russell terriern och foxterriern härstammar från.

I den bok som Dansk Kennel Klub gav ut 2002, *Dansk/ svensk gårdhund,* hävdas att hundarna är av pinschertyp. Med pinschertyp menar Danska Kennel Klub en hund som från början varit ett "fast inventarium" på gårdarna runt om i Europa. Deras viktigaste uppgift var att hålla efter möss, råttor och andra smågnagare. Andra arbetsuppgifter kunde vara att hämta in kor för mjölkning eller fungera som larm när främmande närmade sig gården. I boken omtalas också att terrier till skillnad från gårdshundar från början var ämnade för jakt.

I boken *Dansk/svensk gårdshund- ett kulturav att förvalta* (2006) framför författarna Anne Hansson och Linda Laikre tanken att gårdshunden skulle kunna betraktas som lantras liksom t.ex. gutefåret och linderödsgrisen. För att betraktas som lantras ska rasen vara gammal och anpassad till sin levnadsmiljö samt opåverkad av intensiv förädling och inkorsning av främmande raser.

3.UTSEENDE

Det som utmärkte råttehongen utseendemässigt var den kompakta kroppsbyggnaden, det lilla formatet och den korta pälsen i två eller tre färger med dominans av vitt. Huvudet var oftast mörkare tecknat med en vit strimma från nosen upp till pannan. Nosen var svart. Många råttehongar föddes med lång svans, som ofta kuperades, men det förekom också naturligt stubbsvansade exemplar. Underbett förekom.

Först på 1970-talet blev utseendet allt viktigare och det berodde säkert på att råttehongen, eller skånska terriern som den då kallades, blev mer och mer en sällskapshund. Tidigare var det bruksegenskaperna som var viktigast. Den 1 januari 1989 infördes kuperingsförbud i Sverige. (Undantagsvis får kupering fortfarande ske av medicinska skäl.) Anledningen till att råttehongarna kuperades kan ha varit att minska risken för svansskador.

Foto:Evy Larsson ca 1955 / Karl-Piper

Karl-Piper (Karl med K) fick behålla sin långa svans. När Karl-Piper hade tråkigt gick han till skolan i grannbyn. Han deltog på många lektioner genom åren. Karl-Piper var en erkänt duktig musjägare. Han blev 16 år.

4. BETEENDE

Råttehongen var alert, lättlärd, envis, modig, ny-fiken och trevlig. Den var inte lika ettrig som terrier kunde vara men hade en utpräglad jaktinstikt vad gällde smågnagare. Råttehongen tvekade inte inför den största råttan. Jakten omfattade i bästa fall bara smågnagare på gården men även förbipasserande cyklister och löpare kunde vara i farozonen. Den höll sträng kontroll över vad som försiggick och deltog gärna i allt som hände på gården. Det låg i råttehongens natur att leva nära sina människor. Råttehongen hade stark personlighet. En del var mycket sociala och uppskattade när det kom besök. Andra skulle inte drömma om att hälsa på en främling. Att slå larm om någon obehörig kom in på gården var en självklarhet. I regel hade råttehongen inte problem att umgås med andra hundar men den backade inte om det blev bråk. Eftersom den inte hade någon uppfattning om sin storlek kunde det bli problem vid slagsmål med större hundar.

Råttehongens lättlärdhet, energi och goda balansförmåga gjorde den mycket lämplig som cirkusartist. Att den dessutom tyckte om att arbeta både fysiskt och mentalt var ännu en fördel. Cirkus Benneweis lär ha haft ett populärt clownnummer med en "råttehong" på 1920-talet. Även i Sverige har råttehongar uppträtt på cirkus. De har balanserat på bakbenen och t.o.m. gjort baklängesvolter.

På diverse foton från början av 1900-talet intar råttehongen en central plats.

Foto: Lennart Ryberg ca 1920/ Fornminnesföreningens Arkiv på Österlens Museum

Foton: Okänd /Malmö Museum

Foton: Okänd/ Malmö Museum

Foto: Okänd 1920/Lizzy med familjen Rubin/Jönsson

Foto: Okänd/Malmö Museum

5. 1950-TALET

Under 1950-talet höll råttehongarna på att dö ut. En trolig anledning var att deras glansdagar som råttjägare var över. Dels fick de konkurrens av råttgift och dels byggdes många gamla stallbyggnader om. Klineväggarna, som varit ett eldorado för möss och råttor, ersattes med väggar av cement och tegel. Många småbruk lades också ned och inflyttningen till städerna ökade. Av naturliga skäl fyllde inte råttehongarna samma funktion i städerna som de gjort på landsbygden. "Råttehongarna" var i första hand brukshundar medan många stadshundar enbart var sällskapshundar.

Foto:Okänd/Malmö Museum

Wilhelm Nilsson i Mörarp, utanför Helsingborg, var uppvuxen med råttehongar och insåg att de började försvinna. Han startade därför en egen uppfödning av "rasen" 1950 och satsade redan från början på de hundar som visat sig läraktiga och hade likartat utseende. I en artikel i Skånsk Terrier Journalen nr 4 (1986) berättar Wilhelm Nilsson att redan hans farfarsfar hade gårdshundar under sin uppväxt samt att hans farfar, som var förvaltare på en större gård, brukade hålla 15-20 stycken som vallhundar och råttfångare.Wilhelm Nilsson skriver också om sitt avelsarbete. Det framgår att på 1950-talet och tidigare var det vanligt att hundarna hade underbett och stubbsvans. Detta gällde särskilt de ljusa och gula hundarna. De trefärgade hundarna hade bättre tandställning och lång svans. Aveln inriktades mer på de trefärgade vilket fick till följd att stubbsvansarna minskade och bettet rättades till.

Wilhelm Nilsson förespråkade att mankhöjden skulle vara 37 cm +./. 1 cm eftersom han ansåg att den mankhöjden passade för såväl drev,- gryt- och råttjakt, som vid apportering och fårvallning. (När Svenska Kennelklubben fastställde rasstandarden 2018 bestämdes tillåten mankhöjd för hanar till 34-37 cm och för tikar till 32-35 cm dock med 2 cm marginal).

Under många år förde Wilhelm Nilsson dessutom kontrollkort på hundarna och lade därmed grunden till Svenska Sällskapshundsklubbens stamboksregister för rasen.

Foto: Evy Larsson ca 1955/ Topsy och Karl-Piper

6. 1960-TALET

1966 blev en råttehongsvalp påkörd av en bil i Malmö. Valpen fick hjälp på djursjukhuset och blev helt återställd men hade en ägare som vägrade betala veterinärräkningen. Han tyckte att bilisten som kört på valpen skulle betala. Den åsikten delades inte av bilisten. Det slutade med att råttehongen blev kvar på djursjukhuset och att docent Börnfors och hans familj tog hand om henne. Skrabban, som hon kallades, var inte bara familjehund utan ibland också demonstrationshund när det hölls kurser på djursjukhuset. Hon blev snart populär i Skånes "innehund-ägarkretsar" och det var många som ville ha en valp efter henne. Fyra kullar med sammanlagt åtta valpar hann hon med. Papporna till valparna valdes noga ut, bara duktiga råttfångare kom ifråga.Valparna följdes noga och det finns diverse tidningsartiklar med bilder från släktmöten.

Varför väckte då Skrabban och hennes avkomma så stort intresse? Stig Börnfors beskrev Skrabban i en tidningsartikel av Karzo 1975 *"Hon är flink, beskäftig och bestämd, sund till tusen och har aldrig drabbats av minsta krämpa fastän hon kunde få fri sjukvård i huset"* Av en anställd på djursjukhuset beskrivs hon som en stridsvagn dvs ett kompakt kraftpaket.

Det var knappast Skrabbans yttre som var avgörande. Således måste det ha varit Skrabbans mentalitet som tilltalade.

Historierna om Skrabban, som jag fått berättade av Petra Börnfors, dotter i familjen Börnfors, är många. Skrabban var en företagsam hund och besökte t ex ofta själv korvkiosken några gator från djursjukhuset. Hon dansade utanför kiosken tills någon gav henne en korv. Skrabban var mycket förtjust i krusbär och lärde sina valpar att också äta krusbär.

Nu kallades de inte längre råttehongar utan skånsk terrier.

Illustration:Ulla Bolin

7. 1970-TALET

Den 11 november 1970 visades 25 råttehongar på en hundutställning i Norrköping. Utställningen arrangerades av Svenska Sällskapshundklubben som efter namnbyte 1984 blev Svenska Hundklubben. (Svenska Hundklubben är en från Svenska Kennelklubben fristående organisation som också registrerar sina hundar) Erfarna domare typbesiktigade och granskade hundarna. Härstamningar kontrollerades. Wilhelm Nilsson, som intresserat sig för råttehongarna sedan 1950-talet, hade gjort en rasbeskrivning som bearbetades av Svenska Sällskapshundklubben. 1971 godkände klubben råttehongarna under namnet skånsk terrier som en egen ras.

Totalintryck enligt rasbeskrivningen:

"Den skånska terriern ska vara kompakt och kvadratiskt byggd med god benstomme och alltså ej ge intryck av att vara för lätt och luftigt byggd. Den skall vara smidig och snabb i sina rörelser samt ha ett glatt och vaket temperament och vara tillgänglig utan aggressiva tendenser. Den skall ha tydlig könsprägel."

Union Canine Internationale (UCI), som Svenska Sällskapshundklubben lydde under, gav skånsk terrier internationellt godkännande som genuin hundras1973.

På 1970-talet åkte några representanter för styrelsen för Skånska Kennelklubben runt på skånska landsbygden och försökte hitta skånska terrier. Ganska många som var enhetliga i typ och storlek hittades. Det hör till saken att dåvarande ordföranden i Skånska Kennelklubben, Per-Ola Sandnes, själv var ägare till en av Skrabbans valpar, Babs eller Barbro som hon egentligen hette. Det väckte en hel del kritik att skånska kennelklubbens styrelse engagerade sig för s.k. blandrashundar men arbetet fortskred. Vid denna tid fanns det uppskattningvis mellan 300 och 500 skånska terrier i Skåne.

Per-Ola Sandnes beskrev rasen i Kristianstadsbladet 20 januari 1986 enligt följande:"*Det är en vital och alert jycke som väl förstod att hävda sig. De sprang lösa överallt och skötte sin egen avel på ett sådant sätt att de behöll sin typ"*

8.1980-TALET

I Danmark kom arbetet med att rädda gårdshundarna igång först på 1980-talet. Kärt barn har många namn och gårdshundarna kallades bl.a husmands terrier, rottehund, dansk bondehund, fuchs terrier och dansk foxterrier. I och med industrialismen lades många mindre lantbruk ned, åtskilliga bönder flyttade till städer och "rottehundarna", som de kallades, blev allt färre.

I den danska serien Matador av Lise Nörgaard får man stifta bekantskap med grisehandlere Larsens Kvik, en fin gestaltning av en rottehund dock spelad av en foxterrier. Det borde varit en rottehund som fick rollen men vid inspelningen av Matador, 1978-1982, trodde man att rottehundarna var så gott som utdöda. Detta stämde lyckligtvis inte. Rottehundarna hade låg status och det framkommer tydligt i Matador när bank-direktörskan Maud Warnaes kallade Kvik "köter" när Kvik uppvaktade Vicki Andersens pekingneser. Köter får väl närmast översättas med byracka.

Under 1980-talet hade danska kennelklubben och motsvarande svenska ett nära samarbete för att rädda gårdshundarna. Det konstaterades att de svenska och danska gårdshundarna var mycket enhetliga i typ och storlek. Med typ bör ha avsetts rasens funktionella anatomi, kroppsform, rasprägel, helhetsintryck och karaktäristiska utstrålning. I Sverige kallade man gårdshundarna för skånska terrier vid denna tid.

Rasklubben för skånsk terrier bildades 1984 och hade redan i början av 1986 132 medlemmar. Cirka 300 skånska terrier var vid denna tidpunkt inregistrerade. Rasklubben gav ut medlemstidningen Skånsk Terrier Journalen och i den diskuterades bl a avelsarbetet. Sven Eriksson, som var klubbens ordförande gjorde fin reklam för rasen. Sommaren 1985 kunde man i pressen följa Sven Erikssons och hans 5-årige skånska terrier Antes vandring genom hela Sverige, från Treriksröset till Smygehuk. Vandringen började den 30:nde juli och den 13:de september nådde de målet. Ante hade redan tidigare följt med på flera långa och hårda fjällvandringar utan problem.

Foto:okänd/ Ante

Skånska terrier blev allt populärare under 1980-talet

'Foto: Bärbel Sandnes

Skånska Kennelklubbens ring-och samvaroträning vid Svaneholms slott 1985. Per-Ola Sandnes med Sulan och två hundvänner.

En stor insats för skånska terrier gjordes av Marie Meurling. Marie hade fått en skånsk terrier i konfirmationspresent och började träna på Simrishamns brukshundsklubben med sin Topsy. Det gick så bra att Marie utsågs till årets juniorhandler av Svenska hundklubben. Svenska Kennelklubben anordnade en motsvarande tävling för ungdomar som hade hundar registrerade hos dem och där fick vinnaren ett mycket finare pris. Detta tyckte Marie var orättvist och skrev ett brev till Svenska Kennelklubbens ordförande och ville att hennes Topsy också skulle kunna bli registrerad i Svenska Kennelklubben. Hennes brev blev upprinnelsen till att skånska terrier, sedermera under namnet dansk/svensk gårdshund blev godkända av Svenska Kennelklubben.

Foto:Marie Meurling/ Topsy

Foto: okänd / Marie Meurling med sina hundar

Senare blev Topsys dotter Bombi-Bitt den första dansk/svenska gårdshunden som tilldelades ett championat. Marie födde upp flera valpkullar under det kanske vackraste av kennelnamn nämnligen av Sunnanvind.

Vid sammanträde den 27 januari 1986 med Svenska Kennelklubbens standardkommitté diskuterades formerna för den mönstring av skånsk terrier som skulle äga rum den 21 februari 1986 i dåvarande Mässhallarna på Stadiongatan i Malmö.

Man beslutade att upprätta följande stationer:

Mätning (mankhöjd, kroppslängd, bröst omfång)

Beskrivning

Fotografering (framifrån, från sidan, bakifrån)

Videofilmning av hundens rörelser

Mentalprov

I protokollet från sammanträdet står att läsa "*Man måste beräkna att, eftersom det här rör sig om personer, ovana att hantera sin hund i utställningssammanhang, själva bedömningen kommer att ta ganska lång tid.*"

Vad man kanske också skulle förutsett var att hundarna inte heller var vana. Diverse blesyrer lär ha åsamkats de tjänstgörande domarna.

Sydsvenska Dagbladet publicerade i februari 1986 en artikelserie om skånska terrier. Många äldre foton och berättelser skickades in till tidningen och var till stor glädje. Det fanns berättelser om skeppshunden Miss, Ketty som följde med gården, Tessy som älskade att hennes lillmatte klädde ut henne, Rapp som lydde order i telefon och många fler. Tidningen uppmanade också ägare till skånska terrier att deltaga i mönstringen

Till mönstringen kom ca 100 skånska terrier som besiktigades av erfarna domare i enlighet med . instruktionerna av Svenska Kennelklubbens standard-kommitté Flertalet hundar godkändes och registrerades av Svenska Kennelklubben. Mer än 80 % av hundarna var trefärgade. Ett mindre antal var gul/vita, brun/vita och svart/vita.

Ungefär samtidigt med den svenska mönstringen genomfördes motsvarande mönstring i Danmark varvid 130 hundar som var rastypiska godkändes. Ytterligare 23 hundar fick sina stamböcker under 1988.

Genpoolen ansågs, efter mönstringarna, tillräckligt stark för att en ny hundras skulle kunna erkännas. Även efter mönstringarna 1986 godkändes och registrerades nya hundar. Inmönstringen stoppades i Sverige 2005 medan den fortsatte i Danmark.

Såväl den svenska kennelklubben som den danska erkände rasen 1987 och rasstandarden fastställdes.

Helhetsintryck: Rasen ska vara liten kompakt och svagt rektangulär. Den är exteriört sent färdig-utvecklad.

Uppförande och karaktär: Rasen är alert, livlig och uppmärksam.

Rasen fick namnet dansk/svensk gårdshund och placerades i rasgrupp 2 dvs Raser av pincher-och schnauzertyp, molosser , bergshundar samt sennenhundar. Det förekom diskussioner om att istället placera dansk/svenska gårdshundar i terriergruppen (grupp 3) eller i gruppen för sällskapshundar (grupp 9). Motiveringen till placeringen i grupp 2 var rasens förmodade nära släktskap med pincherraserna.

9. FÖRSTA HUNDUTSTÄLLNINGARNA

Den officiella debuten för rasen dansk/svensk gårdshund skedde på en nationell hundutställning på Sofiero 1987. Enligt *Svenska Kennelklubbens jubileumskrönika 1889-1989* var 57 hundar anmälda plus 7 avelsgrupper och 5 uppfödargrupper. Även hundar som inte deltog vid mönstringen tidigare under året kunde anmälas till utställningen på Sofiero. De hundar som då erhöll lägst 3:dje pris vid kvalitets-bedömning registrerades även de av Svenska Kennelklubben.

Bäst i rasen och den första dansk/svenska gårdshund som fick certifikat var Torneryds Nicke, barnbarn till ovannämnda Skrabban. Nicke arbetade som polis-hund. Troligen har det inte förekommit fler dansk/ svenska gårdshundar inom polisväsendet. Han deltog i många polisuppvisningar och blev vida känd även utomlands bl a i England och i USA.

Nicke belönades också med vandringspriset Skrab-banpokalen som skänkts av Kerstin och Stig Börnfors. För att få behålla pokalen för evigt krävdes att en dansk/svensk gårdshund blivit bäst i rasen vid den årliga Sofierooutställningen tre gånger. Pokalen till-delades slutligen Sulan av Sunnanvind som även blev den andra dansk/svenska gårdshunden som tilldelades ett championat.

Foto:Marie Meurling/ Skrabbanpokalen

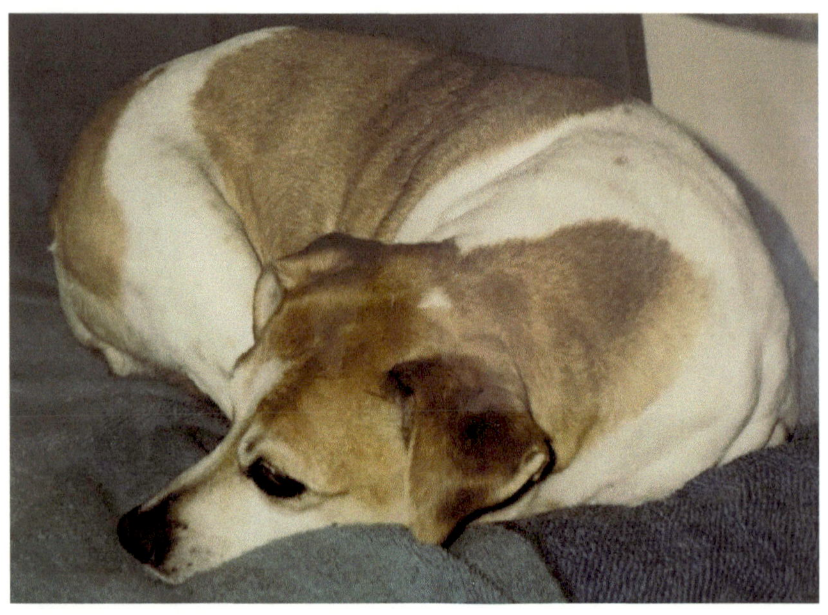

Foto:Bärbel Sandnes/ Sulan av Sunnanvind

I Danmark ställdes dansk/svenska gårdshundar ut för första gången i juni 1989 på världsutställningen i Bella Centret. Vid öppningen av utställningen deltog dansk/svenska gårdshunden Nöffe i ingångsmarchen som rasrepresentant. Nöffe blev precis som Nicke kändis och deltog bl.a. i TV program.

10. SAMMANFATTNING

Från att ha varit arbetande gårdshundar som i princip endast fanns på landsbygden i Skåne och Danmark förekommer nu dansk/svenska gårdshundar, huvudsakligen som sällskapshundar, i hela Sverige.

Foto:okänd/ Tessa med mattarna Elsa och Astrid på Annelundsgård i Simrishamn ca 1940.

Uppskattningsvis fanns det mellan 300 och 500 gårdshundar i Skåne på 1970-talet. Enligt jordbruksverket uppgår svenskregistrerade dansk/svenska gårdshundar till 10.477 st vid årsskiftet 2023/2024. De utgör 0,9 % av samtliga i Sverige registrerade hundar. På listan över populära hundraser kommer dansk/svensk gårdshund på 7:nde plats. Det finns ett 90-tal kennlar spridda över hela landet även om de flesta kennlar fortfarande tycks finnas i Skåne.

Foto: Lars-Olof Jönsson, Sniberups kennel

Vägen från råttehong till en internationellt godkänd hundras under namnet dansk/svensk gårdshund har varit lång. Vad har då hänt på vägen?

När avelsarbetet kom igång på 1970-talet kallades hundarna skånsk terrier. Att rasen inte fick behålla namnet skånsk terrier berodde på att rasen inte enbart var skånsk. Danskarna hade liknande hundar med samma utseende och bakgrund som de skånska.

Efter mönstringen i Malmö 1986 påbörjade danska och svenska domare i samarbete ett förslag till rasstandard. Redan sommaren 1987 hade arbetet med rasstandarden kommit så långt att hundarna fick ställas ut på nationella hundutställningar.

För att en ras ska kunna deltaga i internationella hundutställningar måste rasen vara godkänd av den internationella kennelorganisationen Fédération Cynologique Internationale, FCI. För att FCI ska godkänna en ny ras krävs det att hemlandet lägger fram förslag till rasstandard. Svenska Kennelklubben definierar en rasstandard som "*ett dokument som metodiskt beskriver hur en hundras ska se ut och vara. Standarden behandlar rasens ursprung och användningsområde, konstruktion, rörelser, päls, färg och storlek. Rasstandarden ska fungera som utgångspunkt för avel och bedömning av avelsresultat vid utställning".* Alla hundraser som visas på hundutställningar måste ha en fastställd rasstandard. Det är ett stort arbete att få en ny ras godkänd och först 2019 godkändes rasen dansk/svensk gårdshund av FCI. Därefter kunde dansk/svenska gårdshundar ställas ut inte bara på nationella hundutställningar i Sverige utan också på inter-nationella hundutställningar i Sverige och utomlands.

Rasklubben för dansk/svensk gårdshund har författat en avelsstrategi vari det övergripande målet är "*att bevara den dansk-svenska gårdshunden som en frisk, alert, duglig, vänlig och tillgänglig gårds- och sällskapshund med den, sedan gammalt dokumenterade, rastypiska exteriören".* Avelsstrategin fastställdes 2021 av Svenska Kennelklubben.

Av Svenska Kennelklubbens avelsdata framgår att det nyregistrerades ca 145 dansk/svenska gårdshundar per år på 1990-talet. 2000-2009 nyregistrerades ca 443 per år och 2010-2019 ca 720 per år. Rekordåret 2021 uppgick nyregistrerade dansk/svenska gårdshundar till 1.095 st. Under perioden 2010-2020 registrerades ca 200-300 dansk-svenska gårdshundar per år i Danska Kennelklubben.. Sverige och Danmark har gemensamt avelsansvar för rasen.

Foto: Lars-Olof Jönsson, Judith

Även utomlands har rasen blivit populär. Det finns rasklubbar, förutom i Sverige och Danmark, även i Norge, Finland och USA.

Norska rasklubben etablerades 2004 och antalet dansk/svenska gårdshundar uppskattas 2024 till ca 5.000 enligt rasklubbens hemsida.

I Finland registrerades de första gårdshundarna, 10 st, år 2000. Rasklubben grundades 2003. Av rasklubbens hemsida framgår också att det finns åtminstone 13 kennlar i Finland.

Boken Encyclopedia av Bruce Fogel väckte intresset för dansk/svensk gårdshund hos en kvinna i Californien. 1998 köpte hon den första gårdshunden. Två år senare var det ytterligare en kvinna i USA som inspirerats av Bruce Fogels bok varvid hund nummer två också flyttade från Danmark till USA. Rasklubben Danish-Swedish Farmdog bildades 2006 och samma år hölls i Longmot, Colorado den första hundutställningen för dansk/svenska gårdshundar i USA. Styrelsen för rasklubben hade samlat in pengar för att kunna bjuda in en domare med stor kunskap och erfarenhet av rasen. Det blev en välrenommerad svensk domare som fick resa till USA, döma och lämna kritik till de deltagande hundarna. Fyra år senare var över 300 dansk/ svenska gårdshundar listade i rasklubbens databas. Informationen är hämtad från rasklubbens hemsida.

Dansk/svensk gårdshund räknas som en inhemsk hundras tillsammans med drever, gotlandsstövare, hamiltonstövare, hälleforshund, jämthund, norrbottenspets, schillerstövare, smålandsstövare, vit älghund, västgötaspets och svensk lapphund. De två sistnämnda raserna synes i äldre tider främst använts för vallning medan de övriga använts för jakt.

Hundhållningen har onekligen förändrats under de sista 100 åren. Råttehongarna förunnades ett fritt liv. Koppeltvång var ett okänt begrepp för såväl hundarna som deras ägare.Veterinärvård förekom knappast. Möjligen kunde distriksveterinären som ändå besökte gården ta sig en titt även på en råttehong. Till stor del var de självförsörjande då tillgången på möss var omfattande och det fanns skråning (mald säd) i stallarna. Matrester från familjens måltider var ett tillskott. Trots en diet som synes bristfällig idag uppnådde hundarna ofta en hög ålder. De torde ha varit mycket friska och sunda. Utseendet var inte så väsentligt. Våra dagars dansk/svenska gårdshundar serveras specialmat från burkar och säckar. De får avancerad veterinärvård, om så behövs, är utrustade med hundtäcken och sköna hundbäddar (även om de föredrar att sova under täcket). Samtidigt har hundarnas fria liv i stor utsträckning inskränkts.

11. SLUTSATS

Om jag vågar mig på att dra någon slutsats utifrån Lizzi som var född på 1940-talet, Matilda född på 1970-talet, Dixon född på 1990-talet, vår nuvarande Asta född på 2010-talet och många fler gårdshundar som jag kännt genom åren så synes dock inte rasens mentalitet ha förändrats nämnvärt trots nya levnadsbetingelser och avelsarbete som till stor del varit inriktat på utseende. De har alla varit alerta, lättlärda, envisa, modiga, jaktglada, nyfikna och mycket, mycket trevliga hundar.

KÄLLOR:

Svenska Kennelklubbens Jubileumskrönika 1889-1989

FCI powerpoint presentation of Danish-Swedish Farmdogs (2009)

Dansk Kenel Klub (2002) Dansk/Svensk gårdhund

Willes, Renée (2003) All världens hundraser

Hansson, Anne, Laikre, Linda (2006) Dansk/svensk Gårdshund-ett kulturarv att förvalta

Svenska rasklubbens hemsida

Danska rasklubbens hemsida

Norska rasklubbens hemsida

Finska rasklubbens hemsida

Amerikanska rasklubbens hemsida

Diverse tidningsartiklar från Sydsvenska Dagbladet, Skånska Dagbladet, Trelleborgs Allehanda m.fl.

MINA HUNDAR OCH ANDRAS

Illustration: Ulla Bolin

LIZZI

Min första kontakt med "råttehongar" hette Lizzi. Lizzi var farmors och farfars hund. Lillepetter, i grannbyn, hade en hanhund, känd i flera socknar för sin klokhet, som var den presumtive fadern. Modern talades det inte om.

Lizzi var en avancerad råttjägare. För varje råtta som hon uppvisade belönade farmor henne med en Marabou chokladkaka Eftersom farmor drev byns lanthandel var tillgången på chokladkakor omfattande. För att ytterligare njuta av uppmärksamheten var Lizzi noga med att med chokladkakan i munnen springa bort till byskolan och visa skolbarnen hur duktig hon varit och samtidigt retas. En hel chokladkaka var inte fy skam. Om det var lektion inväntade Lizzi rasten. Problem uppstod om råttjakten gett resultat en söndag, Lizzi fick då spara chokladkakan till måndag morgon. Om cacaohalten var lägre i 1950-talets chokladkakor än vad den är idag eller om Lizzi var utrustad med en mindre känslig mage vet jag inte. Hur som helst så mådde hon aldrig dåligt av sin stora chokladkonsumtion.

Illustration:Ulla Bolin

Lizzi hade också rollen som sjuksyster. På den tiden var det en allmän uppfattning att hundars saliv läkte sår. Jag fick många gånger hjälp med mina skrubbsår av Lizzi - jag var ett klumpigt barn. Förutom chokladkakor älskade Lizzi marängsviss. Eftersom även jag var svag för denna delikata efterrätt bjöds den ofta på när jag besökte farmor och farfar. Vi var alltid fyra runt bordet, farmor, farfar, Lizzi med rödrutig kökshandduk runt halsen och jag. Någon anmärkning mot Lizzis bordsskick förekom aldrig.

MATILDA ÖHMAN

När jag själv skulle skaffa hund kom jag osökt in på skånsk terrier, som råttehongarna då kallades. Lizzis klokhet och påhittighet spelade helt klart in. Året var 1974 och jag hittade min valp på en gård i grannbyn. Köpeskillingen uppgick till 200 kronor. Valpen fick namnet Matilda Öhman. Matilda var släkt på fädernesidan med tidigare nämnda Skrållan. Sitt efternamn fick Matilda eftersom hon hade ett svart Ö på ryggen. Utseendemässigt hade Matilda inte haft någon större framgång på dagens hundutställningar – ett öra stod oftast upp och ett öra hängde ner. Hon var en högt älskad hund.

Vid den tiden läste och bodde jag i Lund. Någon större popularitet åtnjöt inte skånska terrier på den tiden, åtminstone inte i stadsmiljö. Jag minns inte att vi träffade någon enda representant för "rasen" i Lund. Trots sitt lantliga påbrå fann Matilda sig väl tillrätta som lägenhetshund och upprättade t o m en egen relation till husets brevbärare. Eftersom Matilda var starkt begiven på vad som föll in genom brevinkastet blev det alltid kapplöpning när posten var på gång. Jag brukade vinna. Brevbäraren löste Matildas till-l kortakommande. Han hade alltid med sig extra reklam som han kastade in efter min post och hojtade "det är till hongen". Både Matilda och jag var nöjda med arrangemanget och skickade varje år julkort undertecknade Matilda till brevbäraren. Jag har många gånger undrat om brevbäraren visste vem avsändaren var.

Många helger åkte vi hem till mina föräldrar och då fick Matilda leva ett normalt råttehongsliv. Hon var en mycket klok och bestämd hund. På kvällarna hemma hos mina föräldrar togs alltid en termoskanna med kaffe in till vardagsrummet. Matilda skulle då undfägnas med mindre sockerbitar. Om hon inte var nöjd attackerade hon kaffekannan med risk att den välte. Det kunde hända flera gånger per kväll och var inte populärt.

Vid potatisupptagningen ville hon alltid hjälpa till men eftersom hon tog ett bett i varenda potatis hon såg slutade det varje gång med förvisning från potatisstycket. Varken Matilda eller vi lärde oss så det var samma visa varje år.

Som många av sina rasfränder vägrade Matilda inse sin småväxthet. Mina föräldrar bodde granne med byns prästgård. I prästgårdsfamiljen ingick två rejäla golden retriver hanar som Matilda retade sig våldsamt på. När de en dag rymde hem till oss såg Matilda sin chans och muckade gräl med båda – samtidigt. För att rädda Matilda kastade jag mig in i slagsmålet, fick tag i Matilda och lyfte henne så högt jag kunde. Det var inte populärt. Matilda ville ner och slåss vidare, säker som hon var på att vinna. Den chansen fick hon emellertid inte.

I slutet av sin levnad fick Matilda problem med höger öra. Varje kväll satt vi på golvet med örondroppar och en ficklampa att lysa i örat med så dropparna kom rätt. Det var besvärligt. Det var Matilda som hittade lösningen. Hon hoppade upp på soffan, placerade framtassarna på soffans armstöd och stack huvudet, rätt vinklat, under golvlampan bredvid soffan. Samma position intogs varje gång örondropparna togs fram. Det var imponerande!

DIXON

Saknaden efter Matilda var stor och längtan efter en ny skånsk terrier eller dansk/svensk gårdshund, som de bytt namn till, gick inte att bortse ifrån. Då var frågan var jag skulle hitta en efterträdare till Matilda?

Mot alla odds träffade jag på en dansk/svensk gårdshund utanför ett konditori på Södra Förstadsgatan i Malmö. Det var bara att göra hunden sällskap tills ägaren kom ut. Hunden visade sig vara Sulan av Sunnanvind och ägaren Per-Ola Sandnes, ordförande i Skånska Kennelklubben. Jag förklarade min belägenhet och frågade om Sulan möjligtvis skulle ha valpar. Så blev det och jag fick min valp och dessutom nya vänner i Per-Ola och hans fru Bärbel. Först flera år senare upptäcktes att Sulan och min Matilda var nära släkt. Urvalet av skånska terrier var inte så stort på 1970-talet.

Dagen före Lucia 1990 anlände Dixon, eller Davida som hon egentligen hette. Första julen gick allt lugnt tillväga. Året därdå förstod Dixon vad julen handlade om, dvs hårda paket. Hon fullkomligt kastade sig in i julklappshögen under julgranen. Det hade väl inte varit mycket att bråka om ifall hon bara öppnat sina egna presenter. Hon var emellertid helt urskiljningslös och öppnade alla paket hon hann med. Resterande familjemedlemmar fick turas om att vara julklappsvakt alla resterande jular i Dixons liv.

Dixon och jag blev nog mer än lovligt samstämda. Under några år gjorde jag en del större lantbruksdeklarationer för klienter. Sista inlämningsdag, till skatteverket, var alltid den 15 juni. Pressen veckorna innan den 15 juni var stor både för Dixon och mig. När sista deklarationen var inlämnad pustade vi ut. För Dixons del innebar det att hon började löpa. Det slog aldrig fel.

Dixon hyste en livslång passion för en stilig colliehane i byn. Han hette Chando. Chando var lika förtjust i Dixon och rymde ofta hem till oss. Men katastrofen kom. Chando fick en tillfällig sambo, en old english sheepdog vid namn Tilda. Dixon matvägrade och hela hon slokade. Lyckligtvis, för Dixon, så flyttade Tilda hem till sig efter någon månad. Sen var allt som vanligt igen och Dixon kunde stoltsera med en några hekto lättare figur.

Foto:Sven Lundberg, Dixon med matte

Dixon var en sann jägare. En gång och i ett obevakat ögonblick blev frestelsen henne för stor och hon kastade sig över en av mina tio dvärghönor. Hon gjorde processen kort. Upprördheten blev stor hos såväl dvärghönsflocken som hos mig. Efter detta fick inte Dixon och hönsen vara ensamma ute.

Vid 14 års ålder fick Dixon livmoderinflammation. Min veterinär hade, varje år när Dixon skulle vaccineras, rått mig att låta kastrera henne, så mina självförebråelser var stora. Givetvis upptäcktes livmoderinflamationen sent en kväll och det fanns ingen på kliniken som kunde assistera. Jag som aldrig klarat av att se blod befann mig helt plötsligt i en operationssal. Dixon klarade operationen utmärkt, hon var inte ens påverkad när vi körde hem. Jag var mycket påverkad.

I slutet av Dixons levnad hade vi ett torp uppe i Göingeskogarna. Det var en fröjd att se Dixon vid 16, 17 års ålder skutta över skott och sten som en unghund. Det enda som påverkade henne var regn- om regn tyckte hon inte.

Foto: Sven Lundberg

ASTA

I maj 2023 flyttade Asta in hos oss medförande större packning. Asta hade hunnit med tre valpkullar och uppnått 7-års ålder. Packningen var viktig. Varje kväll den första veckan samlade Asta ihop sina ägodelar; diverse halsband, koppel och ett fint hundtäcke. Allt placerade hon i sin korg. Eftersom Asta bott ihop med flera andra hundar så gällde det kanske att hålla reda på sina saker. Det såg mycket obekvämt ut men Asta var nöjd och sov gott.

Inflyttningen gick bra. Schäfern Bibbsan och katterna Maja och Digger, som också tillhör hushållet, hade inga invändningar. T.o.m. fåren var opåverkade.

Ingen på gården hadc kunnat föreställa sig att vi levde bland sorkar och möss i den omfattning som Asta visade oss. Hon jobbar intensivt. De dagar då ingen sork eller mus får avsluta livet pga Asta är lätt räknade.

Foto:Nilla Månsson

Astas faiblesse för ägodelar visade sig när vi var på besök hos bekanta i Älmhult. De hade precis förlorat en hund i Astas storlek och undrade om Asta ville ha ett begagnat hundtäcke. Hundtäcket plockades fram och Asta skyndade sig ner från soffan hon satt i. Hon sprang fram och fick hjälp att prova täcket. Det satt perfekt. Täcket jämte en reflexväst stoppades ner i en påse som vi tog med oss hem. Så fort vi kommit innanför dörren beslagtog Asta påsen, tog ut hund-täcket och bar det till sin korg. Sen återvände hon och såg väldigt fundersam ut innan hon bestämde sig för att ta reflexvästen också och lägga den i korgen.

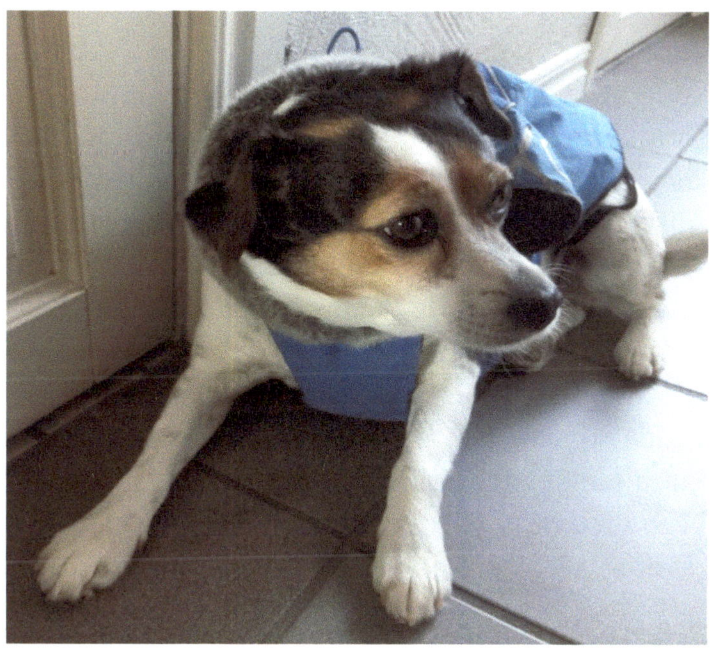

SVEN

När vi flyttade till Österlen 2016 blev vi grannar med den dansk/svenske gårdshunden Sven och hans familj. Sven var Ullas och Björns hund eller kanske bara Ullas. Upprinnelsen till missämjan mellan Sven och Björn lär ha varit ett nyinköpt hundtäcke i Svens barndom. Sven ansåg det under hans värdighet att bära kostym. Tuffa killar klarar sig utan. När Björn fick se Sven i hans nya mundering skrattade han så tårarna rann. Sven förlät honom aldrig under sin nästan 17-åriga levnad.

Varje gång Sven fångat en mus - och det var ofta - kom han och lämnade musen till Ulla som berömde honom för att han var duktig, om inte Björn var i närheten vill säga. Om Björn var i närheten åt Sven snabbt upp musen för den unnade han verkligen inte Björn. Alla Svens presenter var inte lika uppskattade som möss. En liten söt harpalt hade flyttat in i carporten och höll till under Ullas bil till stor förtret för Sven. Ulla drog en lättnadens suck den dag harpalten hade - som Ulla trodde- flyttat vidare. Samma kväll fann hon dock harpalten snyggt draperad i sin favoritfåtölj och en stolt Sven bredvid. Det var inte lätt för Ulla att tacka för den gåvan.

Det var inte mycket som kunde stoppa Sven i jakten på, i Svens tycke, lämpliga byten. En av de få gånger han fick ge upp var vid mötet med en iller som oförsiktigt nog upphöll sig i clematisen utanför Svens dörr. Jakten slutade med att illern tog sig upp i ett träd och hur mycket Sven än försökte så någon trädklättrare var han inte. Med blodiga illerbitna öron fick Sven dra sig tillbaka.

Foto: Ulla Bolin, Sven i sin ungdom

JOJJE

Fiskhandlare Svenssons Jojje växte upp på en gård utanför Eslöv. På den tiden körde handlare runt på landsbygden och sålde fisk. Det var så Jojje och fiskhandlare Svensson träffades. Året var 1937 och bilar var inte så vanligt förekommande. Jojje inköptes och lastades in i fiskbilen. Det var Jojjes första bilfärd men den räckte för att väcka Jojjes intresse för bilar, eller rättare sagt bilåkning.

Foto: Okänd/ Jojje ca 1940

Jojje fick inte åka med på affärsturerna, men den veckodag som fiskhandlare Svensson skulle besöka Jojjes barndomshem kände Jojje detta på sig och sprang i förväg. När fiskhandlare Svensson kom till gården satt redan Jojje där och väntade - allt för att få njuta av bilfärden hem.

En gång när fiskbilen lämnades på verkstad blev Jojje mycket orolig och spårade upp bilen.Verkstaden låg några kilometer från Jojjes hem och hur han hittade dit förmäler inte historien. När bilen skulle hämtas möttes fiskhandlare Svensson av en mycket bekymrad verkstadsägare. Någon hade öppnat bildörren varvid en hund hoppat in, legat i bilen hela dagen och ingen hade lyckats få ut den. Jojje uppskattade hemfärden.

Illustration:Ulla Bolin